TROIS COMEDIES ORIGINALES

Une Soirée en Famille

Chambre à Louer

Chez le Notaire

Rions!

de
Richard de Roussy de Sales

National Textbook Company
NTC a division of *NTC Publishing Group* • Lincolnwood, Illinois USA

Published by National Textbook Company, a division of NTC Publishing Group.
©1991, 1984, 1977 by NTC Publishing Group, 4255 West Touhy Avenue,
Lincolnwood (Chicago), Illinois 60646. 1975 U.S.A.
Manufactured in the United States of America
Library of Congress Catalog Card Number: 72-80891

0 1 2 3 4 5 6 7 8 9 TS 9 8 7 6 5 4 3 2 1

Introduction

Rions! offers students a glimpse at the comic side of French family life and lets them see that Americans and the French are really not so different after all.

The three comedies featured in this collection were written especially for students at the intermediate level of French studies, and were each composed with three objectives in mind. First of all, they were meant to be amusing. Amusing characters and situations comprise the essence of these plays. In *Une soirée en famille,* for example, Monsieur Dupuy, a former hero of the French Resistance, is found to get cold feet every time he has to visit the dentist. *Chambre à louer* portrays the befuddlement and anger of Monsieur Rousseau, whose daughter had the temerity to get engaged without his knowledge or consent. Much to the surprise and chagrin of her relatives, Tante Rosalie in *Chez le notaire* appears at the reading of her own will.

The comedies in *Rions!* were also written to acquaint intermediate students with various characters who are typically French in personality and who will help convey the truth that Americans and the French share many of the same feelings and attitudes. Perhaps this is best demonstrated in *Chambre à louer,* where Monsieur Rousseau and his prospective son-in-law "face off" against each other.

Lastly, *Rions!* is intended to afford students contact with the language of France as it is spoken today. Conversational French predominates in these plays. For extra appeal, a sprinkling of *argot* has been added as well. This informal tone provides a welcome break from textbook work and helps bring lively, contemporary French into the foreign-language classroom.

The comedies in *Rions!* easily lend themselves to either formal or informal performances by students. Dramatization allows students the opportunity to *speak* authentic, contemporary French, as well as to read it. Such performances thus encourage the development of oral proficiency skills in an amusing relaxed setting.

Students who enjoy reading and performing the plays in *Rions!* will enjoy the comedies in *Rions encore!,* also available from National Textbook Company.

Une Soirée en Famille

Comédie en 1 Acte

PERSONNAGES

M. ANATOLE DUPUY, *vieux monsieur qui a mal aux dents.*

Mme AMÉLIE DUPUY, *grosse dame, sa femme.*

NANETTE, *jolie, dix-huit ans, leur fille*

ANDRÉ, *quinzaine d'années, leur fils*

Mme POUBELLE, *la concierge*

M. TROPRÉ, *locataire° de l'appartement d'à côté*

M. SOUCHEZ, *locataire de l'appartement d'en dessous*

SCENE PREMIERE : M. et Mme DUPUY, NANETTE, ANDRE

La scène représente le salon de l'appartement des Dupuy à Paris. M. et Mme Dupuy sont assis chacun dans leur fauteuil. M. Dupuy lit son journal; il a un mouchoir autour de la tête. Mme Dupuy reprise° des chaussettes. André joue du trombone (ou tout autre instrument, si l'on préfère). Nanette fait quelques pas de danse. Il est dix heures du soir.

M. DUPUY. — Aie aie aie!°

Mme DUPUY. — Qu'est-ce que tu as?

M. DUPUY. — Oh la la! C'est ma dent qui me fait mal.

Mme DUPUY. — C'est toujours la même chose... Il y a maintenant plus de cinq ans que tu as mal aux dents.

M. DUPUY. — Oui, mais maintenant elle me fait plus mal que jamais.

Mme DUPUY. — Eh bien! Tu n'as qu'à aller chez le dentiste!

M. DUPUY. — Tu m'ennuies° à toujours me répéter la même chose. Pourquoi n'y vas-tu pas toi-même?

Mme DUPUY. — Parce que moi, je n'ai pas mal aux dents.

M. DUPUY. — Ce n'est pas une raison.

NANETTE. — Oui, en effet: on nous dit qu'il faut aller voir le dentiste tous les six mois. Pourquoi ne vas-tu pas chez le dentiste, maman?

M. DUPUY. — Nanette a raison: tu devrais aller chez le dentiste... Si toi, qui es en bonne santé, n'oses° pas aller chez le dentiste, pourquoi veux-tu que moi, qui suis malade et ai déjà mal aux dents, y aille?°

(André fait un bruit° atroce avec son trombone)

Locataire (tenant). **Repriser** (to darn). **Aïe!** exclamation, cri de douleur.
Ennuyer (to annoy). **Oser** (to dare). **Que j'y aille** (that I go there). **Bruit** (noise).

M. DUPUY. — Toi, André, avec ton trombone, tu me portes sur les nerfs.°

ANDRÉ. — Je n'y peux rien,° papa! C'est mon trombone qui fait ce bruit; ce n'est pas moi.

M. DUPUY. — Eh bien! Laisse-le tranquille ton trombone, et va te coucher.

ANDRÉ. — Mon professeur de musique m'a dit de m'exercer une heure tous les soirs avant d'aller me coucher.

Mme DUPUY, *venant à son aide.* — Calme-toi, Anatole! C'est parce que tu as mal aux dents que la musique t'énerve. Comme je te l'ai déjà dit mille fois, tu devrais aller voir le dentiste.

ANDRÉ. — Oui, papa. Va voir le dentiste! Tu n'y vas pas parce que tu n'as pas le courage d'y aller.

M. DUPUY, *furieux, se levant de son fauteuil.* — Comment! Tu oses dire que ton père manque de courage! Moi qui me suis battu dans la Résistance!... Moi, qui ai été décoré trois fois... Croix de guerre° avec palme... pour mon courage! (*Il lui donne une gifle°*).

Mme DUPUY. — Voyons! Anatole, ne te mets pas en colère! André a raison: puisque tu es tellement courageux, tu n'as qu'à aller chez le dentiste, et n'en parlons plus.

SCENE II : M. et Mme DUPUY, NANETTE, ANDRE, POUBELLE

(*On frappe à la porte*)

Mme DUPUY. — André, va voir qui c'est.

(*André ouvre la porte. C'est la concierge*)

Mme POUBELLE.°— Bonsoir, Messieurs-Dames. Je viens vous apporter votre courrier. (*Elle donne les lettres à André qui les donne à sa mère*).

Mme DUPUY. — Merci, Madame Poubelle.

Mme POUBELLE. — Je vois que votre mère va venir passer quelques jours avec vous...

M. DUPUY. — Encore!

Mme DUPUY. — Qui vous l'a dit? Comment le savez-vous, Madame Poubelle?

Tu me portes sur les nerfs, tu me rends nerveux. **Je n'y peux rien** (I can't help it). **Croix de guerre,** décoration militaire. **Lui donne une gifle** (slaps his face). **Poubelle** (garbage pail).

Mme POUBELLE. — C'est ce que dit la carte-postale que je vous apporte.

Mme DUPUY, *ennuyée.* — Est-ce que vous lisez toujours les cartes-postales des locataires?

Mme POUBELLE. — Bien sûr! Je suis la concierge.

M. DUPUY. — Ouille!° Que j'ai mal! Fermez la porte, je vous prie; l'air froid sur ma dent rend la douleur pire°.

Mme POUBELLE. — Vous avez mal aux dents?

M. DUPUY. — Et comment! Oh la la!

Mme POUBELLE. — Vous devriez prendre un cachet d'aspirine avec un peu d'eau. Cela vous ferait passer la douleur.

M. DUPUY. — Avec de l'eau! Vous êtes folle! Je ne bois jamais d'eau. En plus de mon mal aux dents, vous voulez me faire attraper la fièvre typhoïde!

Mme POUBELLE. — Un autre remède que je vous recommande, c'est un mélange° d'encaustique° et de tabac; vous appliquez ça sur la dent qui vous fait mal; ça, comme remède pour un mal de dents, il n'y a rien de pareil!°

M. DUPUY. — Non merci, Madame Poubelle. J'aime mieux ne pas essayer.

Mme POUBELLE. — Eh bien alors, tant pis° pour vous! Bonsoir, Messieurs-Dames. (*Elle referme la porte*).

Mme DUPUY. — Bonsoir Madame Poubelle.

(*André se remet à jouer du trombone et Nanette fait une petite danse à claquettes°. On entend trois coups frappés sur le plancher*).

NANETTE. — Qu'est-ce que c'est que ce bruit?

Mme DUPUY. — C'est encore le monsieur de l'appartement d'en dessous qui frappe sur le plafond avec sa canne pour nous faire comprendre que nous faisons trop de bruit.

NANETTE. — C'est dommage, mais je n'y peux rien. Mon professeur de danse m'a dit de m'entraîner° tous les soirs avant d'aller me coucher.

Mme DUPUY. — Eh bien! Continue ma petite. Ne t'occupe pas de lui.

NANETTE. — Bien, maman.

Ouille!, cri de douleur. Pire, plus mauvaise. Mélange, (mixture). Encaustique, (floor polish). Pareil, (comparable). Tant pis, (too bad). Danse à claquettes, (tap-dancing). S'entrainer, (to practice).

(Elle continue à danser).

M. DUPUY. — Oh la la! Ce n'est pas une existence!

Mme DUPUY. — Comme je te disais et le répète, tu n'as qu'à aller chez le dentiste.

SCENE III : M. et Mme DUPUY, NANETTE, ANDRE, TROPRE

(On frappe à la porte. Nanette va ouvrir. Entre un monsieur en robe de chambre.)°

M. TROPRÉ. — Je suis M. Tropré, votre voisin de l'appartement d'à côté.

M. DUPUY. — Je suis enchanté de faire votre connaissance.

Mme DUPUY. — Comme c'est gentil de votre part de venir nous faire une visite!

M. TROPRÉ. — Je viens pour vous dire que j'en ai assez de vous entendre vous disputer . . . . et d'entendre votre fils produire ces sons horribles avec son trombone.

Mme DUPUY. — Vous n'aimez pas la musique?

M. TROPRÉ. — Si, mais pas celle-là. Ce n'est pas de la musique, c'est de la cacophonie.

Mme DUPUY. — Oh! Monsieur Tropré! Vous ne vous y connaissez° pas en musique. Le professeur de musique de mon fils dit qu'il a beaucoup de talent.

M. TROPRÉ. — Vous osez dire que je ne m'y connais pas en musique, moi! Savez-vous qui je suis?

Mme DUPUY. — Oui, vous êtes M. Tropré.

M. TROPRÉ. — Oui, mais savez-vous à qui vous parlez?

Mme DUPUY. — Oui, à M. Tropré.

M. TROPRÉ. — Oui, mais savez-vous quelle est la situation que j'occupe?

Mme DUPUY. — Oui, celle du monsieur qui occupe l'appartement situé à côté du nôtre, de l'autre côté du mur.

M. TROPRÉ. — Oui, c'est exact; et les murs ici sont aussi minces° qu'une feuille de papier. On entend tout. Mais ce que je voulais vous dire est que je fais partie de l'orchestre de l'Opéra.

Mme DUPUY. — Mes félicitations, Monsieur. C'est un

Robe de chambre, (dressing gown). **S'y connaitre en,** être expert en. **Mince,** pas gros.

plaisir de vous avoir pour voisin. Et quel instrument jouez-vous?

M. TROPRÉ. — Le trombone.

ANDRÉ. — Oh chic!° Alors, vous allez pouvoir m'aider avec mon trombone.

M. TROPRÉ. — Non, jamais! Je suis venu pour vous dire qu'il faut que ce bruit cesse.

M. DUPUY. — Pourquoi?

M. TROPRÉ. — Parce que j'occupe l'appartement d'à côté et je ne peux pas dormir.

M. DUPUY. — Alors, allez coucher ailleurs°! Ou prenez un autre appartement!

M. TROPRÉ. — Monsieur, je ne suis pas venu ici pour me faire insulter!

M. DUPUY. — Je suis désolé, Monsieur, mais mon fils ne peut tout de même pas renoncer à sa vocation musicale uniquement pour vous faire plaisir.

M. TROPRÉ. — Monsieur, j'ai dit ce que j'avais à dire. Si votre fils continue à faire ce tintamarre° tous les soirs, vous aurez de mes nouvelles.

(M. Tropré sort dignement)

Mme DUPUY. — Au revoir, Monsieur.

M. DUPUY. — Tu sais Amélie, entre nous, je trouve que ce monsieur a raison. Avec André qui fait ce vacarme° avec son trombone, et mon mal de dents, la vie ici est devenue intenable. On devient fou ici! Moi aussi j'en ai assez!

Mme DUPUY. — C'est parce que tu as mal aux dents. . . Ecoute, Anatole: dis-moi franchement pourquoi tu ne veux pas aller chez le dentiste.

M. DUPUY. — Alors dis-moi pourquoi, toi, Amélie tu ne veux pas suivre un régime° pour maigrir° un peu. Tu sais, cela ne te ferait pas de mal. . . Je ne veux pas te faire de peine,° mais tu sais, tu es moins attrayante que tu n'étais quand tu pesais° vingt-cinq kilos de moins. . .

(Nanette se remet à danser)

Mme DUPUY, *après un moment de réflexion.* — Ecoute, Anatole; je vais te faire une proposition: si je consens à

Chic! interjection marquant le plaisir et la satisfaction. **Ailleurs,** en un autre lieu. **Tintamarre,** bruit infernal. **Vacarme,** bruit tumultueux. **Régime,** (diet). **Maigrir,** devenir moins gras. **Faire de la peine,** (to hurt someone's feelings). **Peser,** (to weigh).

suivre un régime. . . et si André abandonne son trombone. . . consentirais-tu à aller chez le dentiste?

M. DUPUY. — Oui.

Mme DUPUY, *triomphale*. — Très bien! Demain, nous irons chez le dentiste.

SCENE IV : M. et Mme DUPUY, NANETTE, ANDRE, SOUCHEZ

(*On frappe à la porte. Mme Dupuy va ouvrir. Entre un monsieur en pyjamas*).

M. SOUCHEZ. — Je suis le monsieur qui habite l'appartement au-dessous du vôtre.

M. DUPUY. — Et qui donne de grands coups de canne sur le plafond tous les soirs pour nous dire qu'on fait trop de bruit.

M. SOUCHEZ. — Oui, Monsieur. C'est ce que j'allais vous dire.

M. DUPUY. — Je regrette beaucoup, Monsieur, mais il faut que ma fille apprenne à danser. Elle aime cela.

M. SOUCHEZ. — Monsieur, si vous le prenez sur ce ton, je vais aller me plaindre.°

M. DUPUY. — Ah oui! Où cela?

M. SOUCHEZ. — Chez le commissaire de police.

M. DUPUY. — Lequel?

M. SOUCHEZ. — Celui du quartier, naturellement.

M. DUPUY, *riant*. — Vous savez qui c'est, le commissaire de police du quartier?

M. SOUCHEZ. — Non, mais cela ne fait rien°; je ferai sa connaissance et déposerai ma plainte.

M. DUPUY, *riant, et dont le mal de dents semble aller beaucoup mieux*. — Je peux vous dire tout de suite qui est le commissaire de police du quartier!

M. SOUCHEZ. — Ah oui! Vous le connaissez?

M. DUPUY. — Oui. C'est moi.

RIDEAU

Se plaindre (to complain). **Cela ne fait rien**, c'est sans importance.

UNE SOIREE EN FAMILLE

Scène première—

1. Où se passe cette scène?
2. Quelle heure est-il?
3. Qu'est-ce qui fait beaucoup de bruit dans l'appartement?
4. Que fait Nanette?
5. Pourquoi est-ce que M. Dupuy crie: "Aïe aïe aie!"
6. Pourquoi ne va-t-il pas chez le dentiste?
7. Pourquoi donne-t-il une gifle à André?
8. Qu'est-ce que le professeur de musique d'André lui a dit de faire tous les soirs?

Scène II—

1. Qui frappe à la porte?
2. Comment s'appelle la concierge?
3. Que signifie le mot 'poubelle'?
4. Comment est-ce que la concierge sait que la mère de Mme Dupuy va venir passer quelques jours avec M. et Mme Dupuy?
5. Qu'est-ce que la concierge recommande comme remède à M. Dupuy pour lui faire passer son mal de dents?
6. Pourquoi est-ce que M. Dupuy refuse de prendre un cachet d'aspirine avec de l'eau?
7. Pour quelle raison est-ce que le monsieur de l'appartement d'en-dessous frappe trois coups sur le plafond?

Scène III—

1. Comment est habillé le monsieur qui a frappé à la porte et qui vient d'entrer?
2. Pourquoi vient-t voir les Dupuy?
3. Quelle est sa situation?
4. Quel instrument joue-t-il?
5. Qu'est-ce que Mme Dupuy accepte de faire, si son mari consent à aller chez le dentiste?
6. Quand iront-ils chez le dentiste?

Scène IV—

1. Qui frappe à la porte et entre maintenant?
2. Comment est habillé ce monsieur?
3. Où est son appartement?
4. Pourquoi faut-il que Nanette apprenne à danser?
5. Où, dit-il, qu'il va aller se plaindre?
6. Qui est le commissaire de police du quartier?

Chambre A Louer

Pièce en 2 Actes

PERSONNAGES

M. ROUSSEAU
Mme ROUSSEAU
JOSETTE, *leur fille, 18 ans*
MARCEL, *leur fils, militaire*
M. DURAND, *le fiancé de Josette*
UN JEUNE HOMME *qui cherche un logement*

ACTE 1

La scène se passe dans le salon des Rousseau. Au lever du rideau, M. et Mme Rousseau sont en train de prendre le thé.

Mme ROUSSEAU, *versant le thé.* — Tu veux du lait ou du citron dans ton thé?

M. ROUSSEAU. — Cela m'est égal°.

Mme ROUSSEAU. — Dis-moi au moins ce que tu préfères.

M. ROUSSEAU. — Tu sais bien que je n'aime pas le thé.

Mme ROUSSEAU. — Alors, pourquoi en prends-tu?

M. ROUSSEAU. — J'en prends parce que tu m'as demandé de venir prendre le thé à la maison aujourd'hui. Je ne te cache pas que j'aimerais mieux être au café à prendre l'apéritif° avec mes amis. . .

Mme ROUSSEAU. — Je n'en doute pas.

M. ROUSSEAU. — Pourquoi as-tu insisté pour que je vienne prendre le thé avec toi aujourd'hui?

Mme ROUSSEAU. — Parce que j'ai à te parler. . . J'ai une nouvelle très importante à t'annoncer.

M. ROUSSEAU. — A quel sujet?

Mme ROUSSEAU. — Au sujet de ta fille.

M. ROUSSEAU, *affolé°.* — Ah! Mon Dieu! Qu'est-ce qui lui est arrivé?

Mme ROUSSEAU. — Rien de grave, je t'assure.

M. ROUSSEAU. — Où est-elle? Où est Josette?

Cela m'est égal, c'est sans importance. **Apéritif,** liqueur alcoolique qui stipule l'appétit. **Affolé,** effrayé, alarmé.

Mme ROUSSEAU. — Elle est allée chez le pâtissier chercher des gâteaux pour le thé. Elle sera de retour dans un instant.

M. ROUSSEAU. — Chercher des gâteaux pour le thé! Tu attends donc des invités?

Mme ROUSSEAU. — Oui. Un invité, seulement.

M. ROUSSEAU. — Eh bien! Dis-moi ce que tu as à me dire.

Mme ROUSSEAU. — Josette m'a dit aujourd'hui qu'elle était amoureuse. . .

M. ROUSSEAU. — A son âge, c'est normal. Si c'est ça la nouvelle que tu voulais m'annoncer, il n'y a pas de quoi s'émouvoir°.

Mme ROUSSEAU. — Non, Mais attends. . . Ce n'est pas tout.

M. ROUSSEAU, *affolé de nouveau*. — Allons! Parle! Dis-moi ce que tu veux me dire! Ne me laisse pas en suspens comme cela!

Mme ROUSSEAU. — Elle veut se marier.

M. ROUSSEAU. — Elle veut se marier! A son âge! Ah! non! par exemple!° Elle a à peine° 18 ans.

Mme ROUSSEAU. — C'est bien ce que je lui ai dit.

M. ROUSSEAU. — Tu connais le jeune homme qu'elle veut épouser?

Mme ROUSSEAU. — Non, pas encore; mais elle l'a invité à venir prendre le thé avec nous aujourd'hui pour nous le présenter.

M. ROUSSEAU. — Attends un peu! Attends que je le vois son amoureux! Après cela, je t'assure qu'il n'osera plus mettre les pieds ici! Je vais lui apprendre à courir après ma fille!

Mme ROUSSEAU. — Ne t'affole pas, chéri. Restons calmes. Attends de l'avoir vu, son fiancé. C'est peut-être un jeune homme très bien et de bonne famille.

M. ROUSSEAU. — Son fiancé! ! ! Elle l'appelle déjà « son fiancé »?

Mme ROUSSEAU. — Oui, ils sont fiancés.

M. ROUSSEAU. — Depuis quand?

S'émouvoir, se troubler, s'agiter **Par exemple** ! interjection exprimant la surprise. **A peine**, presque pas.

Mme ROUSSEAU. — Depuis hier.

M. ROUSSEAU. — Sans nous avoir consultés?

Mme ROUSSEAU. — Oui... Qu'est-ce que tu veux! C'est comme cela que les jeunes se conduisent de nos jours.

M. ROUSSEAU. — C'est du joli!°

SCENE II : M. et Mme ROUSSEAU, JOSETTE

(*Entre Josette portant les gâteaux*)

JOSETTE. — Je n'ai pas pu trouver de babas° au rhum. Il n'en restait plus...

M. ROUSSEAU. — Ah! Te voilà! Il paraît que tu veux te marier! Tu es encore plus sotte° que je ne pensais.

Mme ROUSSEAU. — Ton père est du même avis° que moi: tu ne peux pas te marier comme ça à la légère°.

JOSETTE, *prenant un air surpris et regardant alternativement son père et sa mère.* — Il n'y a vraiment pas de quoi faire tant d'histoires!°Est-ce que vous ne vous êtes pas mariés aussi, vous autres?

Mme ROUSSEAU. — Oui, ma petite, on s'est marié. Mais on n'a pas fait cela sans crier gare° à personne. Il y avait des années que ton père fréquentait ma famille quand il a demandé ma main à mes parents.

JOSETTE. — Vraiment?

Mme ROUSSEAU. — Oui, ma belle, *vraiment*, comme tu dis si bien! De notre temps, on ne faisait pas les choses en-dessous comme vous autres. Et la preuve, c'est que tout le monde était averti° que ton père me recherchait, alors que moi, je ne m'en doutais pas encore.

M. ROUSSEAU. — Comment s'appelle-t-il, ton... godelureau°?

JOSETTE. — Loulou.

M. ROUSSEAU. — Loulou! Loulou comment?

JOSETTE. — Durand. Louis Durand.

M. ROUSSEAU. — Ah! (*réfléchissant*) J'ai connu un jour un individu qui s'appelait Durant! Il ne valait pas cher° C'était un parent à lui sans doute! Un de ses oncles, peut-être.

C'est du joli!, (it's disgraceful). **Baba**, gâteau garni aux raisins de Corinthe. **Sotte**, stupide. **Avis**, opinion. **A la légère**, inconsidérément. **Il n'y a pas de quoi faire tant d'histoire**, (there is no reason to make a mountain out of a molehill). **Crier gare**, (to give a warning). **Averti**, informé. **Godelureau**, jeune homme qui fait le galant. **Ne valait pas cher**, (was no good).

JOSETTE. — Comment s'écrivait le nom de ton *ami*, papa? (*En appuyant sur le mot ami*).

M. ROUSSEAU. — D U R A N T, évidemment.

JOSETTE. — Loulou écrit le sien avec un D à la fin. . .

M. ROUSSEAU. — Où l'as-tu rencontré?

JOSETTE. — Rue de Vaugirard.

M. ROUSSEAU. — Rue de Vaugirard! Sur la rive gauche!

JOSETTE. — Oui, sur la rive gauche.

M. ROUSSEAU. — Qu'est-ce qu'il faisait rue de Vaugirard?

JOSETTE. — Il se promenait.

M. ROUSSEAU. — Et toi, qu'est-ce que tu faisais?

JOSETTE. — Je me promenais aussi. . . C'était au moment de la révolte des étudiants.

M. ROUSSEAU. — Qui te l'a présenté?

JOSETTE. — Personne. On s'est vu; on s'est parlé; il m'a invitée à venir prendre un coca avec lui au café et cela a été le coup de foudre°.

Mme ROUSSEAU, *choquée*. — La rue de Vaugirard n'est pas un endroit où l'on rencontre un homme pour la première fois! Ton père m'a été présenté à un cotillon. C'est là où nous nous sommes vus pour la première fois.

M. ROUSSEAU. — Mais enfin, pourquoi veux-tu épouser ce monsieur que tu as rencontré rue de Vaugirard?

JOSETTE. — Parce que je l'aime.

M. ROUSSEAU. — Ce n'est pas une raison. Tu le connais à peine!

JOSETTE. — Je le connais bien. . . et il me connaît. Nous avons les mêmes goûts°et les mêmes idées politiques.

M. ROUSSEAU. — Est-ce un hippie?

JOSETTE. — Mais non, papa!

Mme ROUSSEAU. — Comme je disais, ton père et moi nous sommes fréquentés pendant plus d'un an avant de nous marier. Ton fiancé et toi vous vous connaissez depuis un mois seulement.

Coup de foudre, amour subit et irrésistible. **Goût,** (taste).

JOSETTE. — Oui, mais tu m'as dit, maman qu'avant d'être mariée, tu ne sortais jamais sans chaperon.

Mme ROUSSEAU. — Oui, de mon temps les jeunes filles n'étaient pas aussi libres qu'elles le sont aujourd'hui; et c'était une bonne chose.

JOSETTE. — Dans ce cas, tu ne connaissais pas papa avant de vous marier aussi bien que je connais mon fiancé.

M. ROUSSEAU. — Quel âge a-t-il ton fiancé?

JOSETTE. — Vingt-et-un ans.

M. ROUSSEAU. — A-t-il fait son service militaire?

JOSETTE. — Non, il a été réformé°.

M. ROUSSEAU. — Ah! Cela prouve qu'il est un triste spécimen de la race humaine. . . C'est bien ce que je pensais. . .

JOSETTE. — Mais non, papa. Il a été réformé parce qu'il a les pieds plats.°

M. ROUSSEAU. — Ce qui prouve ce que je disais. Je n'ai jamais aimé les gens aux pieds plats. . . Ton frère, Marcel, lui il n'a pas les pieds plats. Et il fait son service militaire.

Mme ROUSSEAU. — A ce propos: j'ai oublié de vous dire que j'ai reçu un télégramme de lui disant qu'il allait bientôt avoir une permission°de huit jours et serait ici d'un moment à l'autre.

M. ROUSSEAU. — Ça, au moins, c'est une bonne nouvelle. C'est sa première permission depuis qu'il est parti faire son service militaire.

Mme ROUSSEAU. — Heureusement que nous n'avons pas encore loué° sa chambre et qu'il pourra coucher ici.

M. ROUSSEAU. — Oui, c'est une chance. Il faut enlever l'écriteau « CHAMBRE A LOUER » qui est devant la maison.

SCENE III : M. et Mme ROUSSEAU, JOSETTE, MARCEL

(*On sonne à la porte*)

Mme ROUSSEAU. — C'est peut-être lui!

M. ROUSSEAU, *à Josette*. — Je crois plutôt que c'est le monsieur que tu attends, ton soi-disant° fiancé.

Réformé, déclaré inapt pour le service militaire. **Pieds plats,** (flat-footed). **Permission,** (leave). **Louer,** (to rent). **Soi-disant,** (so-called).

(Josette se précipite dans l'antichambre pour aller ouvrir la porte. On attend un moment. On les entend s'embrasser ; puis elle entre accompagnée de son frère, en uniforme de soldat).

Mme ROUSSEAU, *se levant pour aller embrasser son fils.* — Ah! Quelle surprise! Nous t'attendions, mais c'est une surprise quand même.

M. ROUSSEAU. — Oui, une heureuse surprise.

Mme ROUSSEAU. — Comme tu as bonne mine°!

JOSETTE. — Oui, et tu sembles avoir engraissé°.

M. ROUSSEAU. — Je vois qu'on te nourrit bien au régiment.

Mme ROUSSEAU, *l'admirant.* — L'uniforme te va bien!

M. ROUSSEAU, *l'inspectant et regardant sa manche.* — Tu es toujours soldat de deuxième classe!

MARCEL. — Oui, papa.

M. ROUSSEAU. — Tu te plais au régiment?

Mme ROUSSEAU. — La vie au régiment n'est pas trop dure?

MARCEL. — Non. Ça va.

M. ROUSSEAU. — Tu as de bons officiers?

Mme ROUSSEAU. — Ils sont gentils pour toi?

MARCEL. — Oui.

Mme ROUSSEAU. — Assieds-toi et prends une tasse de thé.

(Il s'assoit. Josette lui verse une tasse de thé. Mme Rousseau lui offre un éclair au chocolat)

MARCEL. — Vous avez des babas au rhum?

JOSETTE. — Non, malheureusement. Je sais combien tu les aimes, mais le pâtissier n'en avait pas.

Mme ROUSSEAU. — Tu n'es pas trop fatigué après le voyage?

MARCEL. — Non, j'ai dormi dans le train.

Mme ROUSSEAU. — Tu as combien de jours de permission?

MARCEL. — Huit jours.

Avoir bonne mine, avoir l'apparence d'être en bonne santé. **Engraisser,** devenir gras, prendre du poids.

JOSETTE. — Ce n'est pas beaucoup!

Mme ROUSSEAU. — A quelle heure te lèves-tu au régiment?

MARCEL. — A six heures.

Mme ROUSSEAU. — C'est trop tôt!

MARCEL. — Oui, maman, je suis de ton avis.

JOSETTE. — Il faudrait en parler au général de Gaulle! Il n'y a pas de raison pour que les soldats se lèvent si tôt... puisqu'ils n'ont rien à faire.

M. ROUSSEAU. — C'est une vieille coutume dans l'armée qui date du temps de Napoléon.

JOSETTE. — Eh bien! Il est temps de la changer.

M. ROUSSEAU, *regardant toujours son fils.* — Comment se fait-il que tu sois toujours simple soldat?

MARCEL. — Parce que je n'ai pas été promu°, voilà tout!

M. ROUSSEAU. — Oui, mais depuis le temps que tu es militaire, tu devrais être sergent, ou caporal au moins.

Mme ROUSSEAU. — Ou même officier! Avec ton instruction!

MARCEL. — Je suis entièrement de ton avis, maman.

M. ROUSSEAU. — Moi, après avoir été militaire trois mois, j'étais soldat de première classe; après six mois, j'étais caporal; et après un an, sergent!

MARCEL. — Oui, c'est possible. Mais moi, pas.

M. ROUSSEAU. — As-tu fait des bêtises°? Es-tu rentré en retard de sortie?

MARCEL. — Non.

Mme ROUSSEAU. — Est-ce que tes officiers ne t'aiment pas pour une raison ou une autre? Cela me paraît injuste.

MARCEL. — Non. Ce n'est pas cela.

M. ROUSSEAU. — Alors, pour quelle raison n'as-tu pas reçu de promotion?

MARCEL — Vous tenez à° savoir?

M. ROUSSEAU. — Oui, dis-nous.

MARCEL. — Eh bien! Voilà: un jour nous passions

Promu, verbe promouvoir, élevé en grade. **Bêtise**, action sotte. **Tenez à**, insistez.

près d'une mare° pleine de boue.° Un de mes camarades se promenait tout au bord de cette mare... Je n'ai pas pu résister à la tentation: je l'ai poussé et il est tombé dans la mare.

Mme ROUSSEAU. — Est-ce que l'eau était profonde?

MARCEL. — Oh non! On n'y avait de l'eau que jusqu'aux genoux.

Mme ROUSSEAU. — Il n'y avait donc pas de danger qu'il se noie.°

MARCEL. — Non! Mais il y est entré la tête la première et la mare était pleine de boue.

M. ROUSSEAU. — Si c'est tout ce que tu as fait, ce n'est pas bien grave et tes officiers n'auraient pas dû t'en vouloir° et te refuser toute promotion pour une simple blague° que tu as faite à un copain°.

MARCEL. — Non, mais voilà... Ce n'est pas tout. Quand celui que j'avais poussé dans la mare en est sorti couvert de boue, j'ai vu que ce n'était pas mon copain que j'avais poussé dans la mare et qui sortait de là couvert de boue, mais le colonel, que j'avais pris pour mon copain.

M. ROUSSEAU. — Aïe aïe aïe!° Maintenant je comprends pourquoi tu n'a pas reçu de promotion.

Mme ROUSSEAU. — Crois-tu que le colonel te pardonnera un jour?

MARCEL. — J'en doute. Car quand on couvre un colonel de ridicule devant tout le régiment... il ne l'oublie pas facilement. Surtout que tous ceux qui l'ont vu sortir de là avec de la boue qui lui dégoulinait° des yeux, des cheveux de sa moustache et de partout, se sont mis à rire.

Mme ROUSSEAU. — T'es-tu excusé auprès du colonel et lui as-tu expliqué que tu l'avais pris pour ton camarade?

MARCEL. — Oui, je l'ai fait. Et c'est même là l'erreur que j'ai faite; car si je ne lui avais pas fait d'excuses, il n'aurait pas su que c'était moi qui l'avais poussé.

M. ROUSSEAU. — Tu n'as vraiment pas de chance! Maintenant, la seule chose à faire est que tu demandes à changer de régiment.

Mare, (pond). **Boue,** (mud). **Se noyer,** (to drown). **T'en vouloir,** avoir un sentiment de rancune contre toi. **Blague,** farce. **Copain,** camarade. **Aïe!** interjection exprimant une surprise désagréable. **Dégouliner,** couler lentement, goutte à goutte.

MARCEL. — Je l'ai déjà fait, mais ma demande a été refusée.

JOSETTE. — Alors fais comme les étudiants: mets-toi en grève°.

MARCEL. — Je ne crois pas que ce soit un procédé qui réussirait dans l'armée.

JOSETTE. — Tu arrives ici au bon moment: mon fiancé va venir tout à l'heure. Tu pourras faire sa connaissance.

MARCEL. — Ton fiancé! Ton fiancé!

JOSETTE. — Oui, mon fiancé. Il sera ici d'un moment à l'autre. Nous l'attendons.

MARCEL. — Je ne savais pas que tu étais fiancée. Mes félicitations!

M. ROUSSEAU. — Avant de la féliciter, attends d'abord d'avoir vu son supliant.

MARCEL. — Il ne te plaît pas?

M. ROUSSEAU. — Je ne l'ai pas encore vu. . . mais ta mère et moi désapprouvons. . .

MARCEL. — Vous désapprouvez sans même avoir vu le jeune homme en question?

M. ROUSSEAU. — Oui. Je désapprouve. . . par principe.

MARCEL. — Ah!

Acte II

SCENE PREMIERE : M. et Mme ROUSSEAU, JOSETTE, MARCEL, JEUNE HOMME

(On sonne à la porte).

JOSETTE, *ravie.* — Ah! Voilà! Ce doit être mon fiancé. *(Josette se précipite dans l'antichambre pour aller ouvrir la porte. On les entend parler tout bas, puis elle revient accompagnée d'un jeune homme à longs cheveux qu'elle fait entrer au salon. Il pose son parapluie au coin de la porte.)*

LE JEUNE HOMME, *entrant timidement.* — Bonjour Monsieur. . . Bonjour Madame. . .

M. ROUSSEAU, *glacial.* — Vous pouvez vous asseoir.

LE JEUNE HOMME. — Je vous remercie, Monsieur. *(Il s'assied sur le bord d'une chaise. Silence d'un moment. M. Rousseau le regarde fixement d'un air méchant)*

Grève, (strike).

LE JEUNE HOMME. — Je. . . hum. . . je suis venu. . .
je suis venu pour. . .

M. ROUSSEAU. — Oui, nous savons pourquoi vous êtes
venu.

Mme ROUSSEAU. — Si j'ai bien compris, Monsieur,
vous désirez faire partie de° notre famille.

LE JEUNE HOMME. — Oui. . . C'est à dire que, enfin
jusqu'à un certain point.

(*Pendant cette conversation, Josette semble bien s'amuser.
Elle se tord de rire*)

M. ROUSSEAU. — J'imagine que vous ne verrez pas
d'objection à ce que je vous pose quelques questions à
votre sujet?

LE JEUNE HOMME. — Oh! Nullument, Monsieur.

M. ROUSSEAU. — Eh bien d'abord, qui êtes-vous?

LE JEUNE HOMME. — Qui je suis?

M. ROUSSEAU. — Oui, qui êtes-vous? Quelle est votre
occupation?

LE JEUNE HOMME. — Je suis employé, Monsieur.

M. ROUSSEAU. — Employé, hum! hum! employé. . .
Combien touchez-vous?

LE JEUNE HOMME, *commençant à donner des signes
d'impatience.* — Vous voulez dire, quel est mon salaire?

M. ROUSSEAU. — C'est cela, votre salaire.

LE JEUNE HOMME. — Mon salaire actuel est de 350
francs par semaine. Mais si vous estimez que je ne dispose
pas de moyens suffisants pour. . .

M. ROUSSEAU, *l'interrompant.* — Voudriez-vous maintenant m'expliquer un peu, quelles sont vos habitudes? Etes-
vous ce qui s'appelle un jeune homme rangé° et convenable,
capable en un mot d'assurer le. . .

LE JEUNE HOMME, *exaspéré.* — Vous pouvez prendre
des renseignements° sur moi dans la maison où j'habite en ce
moment et le demander au concierge.

Faire partie de, devenir membre. **Rangé**, qui a une bonne conduite. **Renseigne-
ment**, information.

M. ROUSSEAU. — Je préfère que vous me répondiez franchement vous-même. Je vous demande si vous êtes rangé. Répondez: oui ou non.

LE JEUNE HOMME. — Oui.

M. ROUSSEAU. — Etes-vous un hippie?

LE JEUNE HOMME. — Non.

M. ROUSSEAU. — Pourquoi n'allez-vous pas chez le coiffeur vous faire couper les cheveux.

LE JEUNE HOMME. — Parce que je les aime longs. C'est mon droit.

Mme ROUSSEAU. — Oh! Quelle impertinence!

M. ROUSSEAU. — Où avez-vous l'intention d'habiter?

LE JEUNE HOMME. — Mais ici, parbleu!..°

M. et Mme ROUSSEAU. — Ah! non, alors!

Mme ROUSSEAU. — Non, non, merci! Qu'on ne vienne pas me parler de mettre deux maîtresses dans la même maison. Ça ne marche jamais.

LE JEUNE HOMME. — Je... je ne saisis pas°.

Mme ROUSSEAU. — Ah! vous ne saisissez pas? Quand vous serez marié, il faudra que vous vous mettiez en ménage° chez vous. Fourrez-vous° bien cela dans la tête, mon petit.

LE JEUNE HOMME. — Quand je serai marié! Avec qui?

Mme ROUSSEAU. — Avec Josette, ma fille que voici! (*Il regarde Josette d'un air hébété*)° Eh bien! quoi, on dirait que vous ne l'avez jamais vue, ma parole!

LE JEUNE HOMME. — Je n'ai nulle intention d'épouser votre fille.

M. ROUSSEAU *se levant, furieux*. — Comment! Vous ne voulez pas l'épouser! Vous voulez vivre ici avec elle, sans vous marier! Quel culot!°

LE JEUNE HOMME, *se levant*. — Je commence à croire que vous êtes fous à lier° tous les deux. (*Il se dirige vers la porte et sort*) Bonsoir, messieurs dames.

M. ROUSSEAU, *rouge de colère*. — Ah! par exemple!

Mme ROUSSEAU. — Quel grossier° personnage!

Parbleu! interjection, corruption de « par Dieu ». Je ne saisis pas, je ne comprends pas. Se mettre enménage, établir son domicile ensemble. Fourrez-vous, mettez-vous. Hébété, stupide. Culot, audace, effronterie. A lier (to be tied). Grossier, mal élevé.

M. ROUSSEAU, *à Josette*. — Alors c'est ça, ton amoureux?

JOSETTE. — Mon amoureux! Mais non, jamais de la vie! C'est la première fois que je vois ce monsieur.

Mme ROUSSEAU. — Mais alors, ce n'est pas le jeune homme que tu veux épouser?

JOSETTE. — Bien sûr que non.

M. ROUSSEAU. — Alors, qu'est-ce qu'il venait faire ici?

JOSETTE. — Il venait pour louer la chambre. Il m'a dit comme ça quand je lui ai ouvert la porte d'entrée, qu'il avait vu l'écriteau « Chambre à louer » devant la maison et que la concierge lui avait dit que c'était chez nous où y avait une chambre meublée°à louer. Il voulait la voir et savoir combien on la louait.

M. ROUSSEAU. — Tu aurais pu nous dire ça avant que je lui pose toutes ces questions!

JOSETTE. — Tu ne m'en as pas donné le temps.

SCENE II : M. et Mme ROUSSEAU, JOSETTE, MARCEL, DURAND

(*On sonne à la porte*)

JOSETTE. — Ce coup-ci, c'est sûrement lui.

(*Elle se précipite de nouveau dans l'antichambre pour ouvrir la porte d'entrée. On les entend qui s'embrassent. Les Rousseau attendent*)

M. ROUSSEAU, *s'impatientant*. — Quand ils auront fini de s'embrasser peut-être qu'elle le fera entrer.

Mme ROUSSEAU. — Tâche d'être un peu plus aimable que tu ne l'étais avec l'autre monsieur. Et surtout, sois sûr que c'est bien son fiancé avant de lui poser des questions indiscrètes.

(*Josette entre souriante, accompagnée de son fiancé*)

JOSETTE, *à ses parents*. — Je vous présente mon fiancé.

(*Il serre la main à M. Rousseau et à Marcel et baise°la main de Mme Rousseau*)

MARCEL. — Je suis enchanté de faire votre connaissance.

M. ROUSSEAU. — Asseyez-vous, je vous en prie.

Meublé, (furnished). **Baiser,** poser ses lèvres sur.

(*Il lui offre une chaise*)

M. DURAND, *s'asseyant*. — Merci, Monsieur.

JOSETTE, *lui offrant un fauteuil*. — Mets-toi plutôt dans ce fauteuil. . . tu seras plus confortable.

M. DURAND, *changeant de siège*. — Merci, Josette.

M. ROUSSEAU. — Vous êtes bien le fiancé de ma fille?

M. DURAND. — Oui, Monsieur.

JOSETTE. — Veux-tu prendre une tasse de thé?

M. DURAND. — Oui, je veux bien.

JOSETTE. — Tu prends un ou deux morceaux de sucre?

M. DURAND. — Trois.

(*Elle lui offre une tasse de thé*)

JOSETTE. — Veux-tu un éclair à la crème. . . ou une brioche°. . . ou une tarte aux cerises? . . . ou une madeleine°?

M. DURAND. — Donne-moi une brioche.

JOSETTE, *mettant une brioche sur son assiette.* — Je croyais que tu aimais surtout les éclairs et je les ai achetés spéciale-ment pour toi.

M. DURAND. — Oui, mais ils sont trop difficiles à man-ger délicatement.

JOSETTE. — C'est vrai: on ne peut pas les manger sans s'en mettre plein les doigts.°

M. ROUSSEAU, *s'impatientant*. — Quand vous aurez fini de bavarder tous les deux, moi aussi je voudrais dire quelques mots.

M. DURAND. — Mais certainement, Monsieur.

M. ROUSSEAU. — Puisque vous avez l'intention d'épou-ser ma fille, j'espère que vous ne trouverez pas indiscret de ma part de prendre quelques renseignements et de vous poser quelques questions. . .

M. DURAND. — Mais certainement, Monsieur. On fait toujours cela avant un mariage. Moi-même j'ai quelques questions à vous poser.

Brioche, petit gateau en forme de poire. **Madeleine,** petit gâteau léger. **S'en mettre plein les doigts,** (to get it all over one's fingers).

M. ROUSSEAU. — Ah!

M. DURAND. — Oui. On ne se marie pas comme ça à la légère, sans savoir à quoi s'en tenir°... et sans prendre des renseignements sur la famille, n'est-ce pas?

M. ROUSSEAU, *offensé.* — Que désirez-vous savoir sur MA famille?

M. DURAND. — Oh! pas grand chose! Mes parents ont déjà pris des renseignements.

M. ROUSSEAU. — Ah oui! Et vos parents approuvent ce mariage?

M. DURAND. — Pas entièrement... Ils ont encore besoin de certains renseignements... et c'est pour cela que je suis venu vous voir aujourd'hui. J'ai quelques questions à vous poser.

M. ROUSSEAU. — Que désirez-vous savoir?

M. DURAND. — Quelle sera le montant de la dot° de votre fille?

M. ROUSSEAU, *choqué.* — Vous osez me demander une pareille° question!

M. DURAND. — Oui, nous avons besoin de savoir... D'après ce que je comprends, ce sera une très petite dot... une dot de dix mille francs, n'est-ce pas?

M. ROUSSEAU, *furieux.* — Autrement dit, vous voulez épouser ma fille pour sa dot!

M. DURAND. — Oh! non, Monsieur. Je suis même prêt à l'épouser sans dot. Mais, toutefois, nous avons besoin de savoir... Il est normal qu'une femme apporte en se mariant une certaine somme d'argent...

M. ROUSSEAU, *furieux.* — Monsieur, vous me semblez être un drôle de numéro° et j'ai grande envie de vous mettre à la porte avec un coup de pied dans le derrière.

MARCEL. — Calme-toi, papa.

JOSETTE. — Oui, calme-toi! Ce qu'il te demande n'a rien d'extraordinaire. Après tout, est-ce que maman ne t'a pas apporté une dot en se mariant?

M. ROUSSEAU. — Oui, mais ce n'est pas la même cho-

A quoi s'en tenir, (what to expect). **Dot,** argent ou biens qu'une femme apporte en mariage. **Pareille,** telle (such). **Drôle de numéro,** personnage singulier.

se. Le montant de sa dot n'a jamais été mentionné entre nous. C'est une question qui est discutée entre notaires et qui figure dans le contrat de mariage.

MARCEL. — Oui, Monsieur. Vous avez raison. Permettez-moi donc de suggérer que votre notaire se mette en rapport avec le notaire de ma famille et qu'ils tranchent° cette question.

M. ROUSSEAU. — Monsieur, vous me déplaisez!

JOSETTE. — Contrôle-toi, papa.

M. ROUSSEAU. — Maintenant, c'est à mon tour de vous poser quelques questions...

M. DURAND. — Certainement, Monsieur.

M. ROUSSEAU. — Qui êtes-vous? Qui sont vos parents?

M. DURAND. — Mon père est officier de carrière... Chevalier de la Légion d'Honneur... Membre du Jockey Club°.

M. ROUSSEAU. — Quel est son grade?

M. DURAND. — Colonel, au 12e Régiment d'Infanterie.

MARCEL. — Oh! mon Dieu!

JOSETTE, *à son frère.* — Qu'est-ce que tu as?

MARCEL — C'est mon colonel!

JOSETTE. — Celui que tu as jeté à l'eau?

MARCEL. — Oui.

JOSETTE. — Quelle chance! Loulou pourra te pistonner° et te faire passer caporal.

M. DURAND, *à Marcel.* — Vous connaissez mon père?

MARCEL. — Oui, mais très peu...

M. DURAND. — Vous êtes dans son régiment?

MARCEL. — Oui... il est mon colonel.

M. DURAND. — Tant mieux! Il faudra que je le lui dise.

MARCEL. — Je crois qu'il le sait déjà...

M. ROUSSEAU, *à Durand.* — Vous disiez donc que votre père est colonel... et votre mère, qui est-elle?

M. DURAND. — Elle est la nièce du Président de la République.

Trancher, décider, résoudre. **Jockey Club,** cercle très exclusif à Paris. **Pistonner,** recommander, protéger.

Mme ROUSSEAU, *à Josette.* — Pourquoi ne nous as-tu pas dit tout cela avant?

JOSETTE. — Vous ne me l'avez pas demandé. (*à son père:*) Veux-tu une autre tasse de thé, papa?

M. ROUSSEAU. — Non merci. (*à Durand:*) Est-ce que vos parents ont de la fortune?

M. DURAND. — Oh oui! Ils ont plusieurs propriétés en Normandie, et mon père est un des principaux action- naires° de la Compagnie Française des Pétroles.

M. ROUSSEAU. — Je vois... Et vous, qu'est-ce que vous faites?

M. DURAND. — Je suis étudiant en médecine.

M. ROUSSEAU. — Je vois... Je vois que vous êtes un jeune homme sérieux et de bonne famille. Je crois que, dans ces conditions, nous pourrons consentir au mariage...

JOSETTE. — Oui, mais moi, je ne veux pas l'épouser.

M. et Mme ROUSSEAU, *ahuris°.* — Comment! Tu ne veux pas l'épouser! Tu ne veux plus te marier!

JOSETTE. — Non. J'ai changé d'avis.

M. ROUSSEAU. — Pourquoi?

Mme ROUSSEAU. — Qu'est-ce que tu as?

M. ROUSSEAU. — Tu es folle!

JOSETTE. — Non, mais je viens de m'apercevoir que Loulou porte un toupet! (*En disant cela, elle lui soulève son toupet et le montre*).

MARCEL, *prenant le toupet des doigts de Josette et le regardant tristement.* — Et dire qu'à cause de cela, je vais rester simple soldat toute ma vie!

SCENE III : M. et Mme ROUSSEAU, JOSETTE, JEUNE HOMME

(*On sonne à la porte*)

Mme ROUSSEAU, *à Josette.* — Va voir qui c'est.

(*Josette va ouvrir la porte. Entre le jeune homme à longs cheveux de tout à l'heure, qui cherchait une chambre à louer*)

M. ROUSSEAU, *le voyant entrer.* — Quoi! C'est encore vous! Qu'est-ce que vous voulez maintenant?

LE JEUNE HOMME. — Je ne suis pas revenu pour voir

Actionnaire (stockholder). **Ahuri** (dumbfounded).

la chambre à louer, ni pour épouser votre fille, monsieur. . .
Je reviens pour chercher mon parapluie que j'ai laissé ici.

JOSETTE. — Oh! il pleut? J'allais sortir.

LE JEUNE HOMME. — Oui, mademoiselle, il pleut.

JOSETTE, *s'approchant de lui et lui souriant aimablement.*
— Et vous avez perdu votre parapluie!

LE JEUNE HOMME. — Oui, mademoiselle. Je crois que
je l'ai laissé ici. . .

JOSETTE. — Vous êtes comme moi: j'oublie mon parapluie partout où je vais. . .

(*Elle cherche le parapluie, tout en regardant le jeune homme
à qui elle sourit*)

LE JEUNE HOMME. — Je m'excuse de vous déranger. . .

(*Josette va dans l'antichambre, et en ressort presque aussitôt
avec son sac à main et son manteau, et le parapluie du monsieur
qu'elle a trouvé*)

JOSETTE, *lui donnant le parapluie.* — Le voilà! Vous
l'aviez laissé au coin de la porte.

LE JEUNE HOMME, *prenant le parapluie.* — Merci,
mademoiselle. . . Vous êtes bien aimable.

JOSETTE, *regardant le jeune homme d'un air tendre.*
— Comme tu as de beaux cheveux! (*Elle lui passe la main
dans les cheveux*) Moi, j'aime les hommes aux longs cheveux. . .

Mme ROUSSEAU, *voyant que sa fille a mis son manteau
et est prête à sortir.* — Tu sors, Josette?

JOSETTE. — Oui, j'ai une course à faire°.

LE JEUNE HOMME. — Puisque vous sortez, mademoiselle, permettez-moi de vous accompagner et de vous offrir
mon parapluie. . .

JOSETTE. — Je ne demande pas mieux°.

(*Le jeune homme lui prend le bras et ils sortent ensemble.
Les autres les regardent partir, ne sachant que dire, ni penser*)

RIDEAU

Faire une course (to go on an errand), **Je ne demande pas mieux,** cela m'est
agéable.

QUESTIONS

CHAMBRE A LOUER

Acte I

Scène première—

1. Qu'est-ce que M. Rousseau préfère dans son thé, du lait ou du citron?
2. Puisqu'il n'aime pas le thé, pourquoi en prend-il?
3. Pourquoi est-ce que Mme Rousseau a insisté pour que son mari vienne prendre le thé avec elle aujourd'hui?
4. Où est Josette?
5. Quelle âge a Josette?
6. Depuis combien de temps est-elle fiancée?

Scène II—

1. Pourquoi est-ce-ce que Josette n'a pas acheté de babas?
2. Comment s'appelle le fiancé de Josette?
3. Est-ce que le fiancé de Josette écrit son nom avec un "D" à la fin?
4. Où est-ce que Josette a rencontré son fiancé?
5. A quelle époque était-ce?
6. Qui le lui a présenté?
7. Pourquoi est-ce que Josette veut épouser Loulou?
8. Est-ce que Loulou est un hippie?
9. Quel âge a-t-il?
10. Pourquoi n'a-t-il pas fait son service militaire?
11. Que disait le télégramme que Mme Rousseau a reçu?
12. Où y a-t-il une chambre à louer?

Scène III—

1. Qui est-ce que Josette embrasse au début de cette scène?
2. Quel est le grade de Marcel dans l'armée?
3. A-t-il bonne mine?
4. Combien de jours de permission a-t-il?
5. A quelle heure se lève-t-il au régiment?
6. Pourquoi est-ce que les soldats se lèvent de si bonne heure le matin?
7. Qui a-t-il poussé dans la mare?
8. Est-ce que Marcel s'est excusé auprès de son colonel?
9. Etait-ce une bonne idée?
10. Pour quelle raison est-ce que M. et Mme Rousseau désapprouvent du mariage de leur fille?

Acte II

Scène première—

1. Qui est-ce qui a sonné à la porte?
2. Est-ce que le jeune homme qui vient d'entrer est le fiancé de Josette?
3. Quelle est la première question que M. Rousseau lui pose?
4. Combien d'argent gagne-t-il?
5. Est-il un jeune homme rangé?
6. Est-ce un hippie?
7. Pourquoi ne va-t-il pas chez le coiffeur pour se faire couper les cheveux?
8. Veut-il venir habiter chez les Rousseau?
9. A-t-il l'intention d'épouser Josette?
10. Est-ce que Josette connaît ce jeune homme?
11. Qu'est-ce qu'il est venu faire chez les Rousseau?

Scène II—

1. Qui est-ce que Josette embrasse au début de cette scène?
2. Pourquoi est-ce que M. Durand ne prend pas d'éclairs?
3. Est-ce que les parents de M. Durand consentent au mariage de leur fils?
4. Qu'est-ce que M. Durand désire savoir?
5. Trouvez-vous que c'est une bonne idée qu'une femme apporte une dot en se mariant?
6. En France, qui est-ce qui prépare les contrats de mariage?
7. Qui est le père de M. Durand?
8. Est-ce que Marcel le connaît?
9. Pour quelle raison est-ce que Josette change d'avis et décide subitement qu'elle ne veux plus se marier?

Scène III—

1. Pourquoi est-ce que le jeune homme est revenu voir les Rousseau?
2. Est-ce qu'il pleut en ce moment?
3. Où est-ce que le jeune homme a laissé son parapluie?
4. Qu'est-ce que le jeune homme a,qui plaît tant à Josette?
5. Pourquoi est-ce que Josette sort?

Chez le Notaire

Comédie en 1 Acte

PERSONNAGES

MAITRE ROBERT, *le notaire°*

Mlle PETON, *secrétaire du notaire*

Mlle MARIE DUPONT, *vieille fille°*

PIERRE DUPONT, *neveu de Marie Dupont*

MARGUERITE DUPONT, *femme de Pierre*

PAUL DUPONT, *neveu de Marie Dupont*

LUCIE DUPONT, *femme de Paul*

Mme ROSALIE MOCHE,° née Dupont, *sœur de Marie Dupont*

SCENE PREMIERE : NOTAIRE, PETON, MARIE, PIERRE, MARGUERITE,
PAUL, LUCIE

*La scène représente l'étude d'un notaire. Maître° Robert est
assis à son bureau et lit un journal. Entre Mlle Peton, sa
secrétaire.*

Mlle PETON. — Maître, la famille Dupont est là. Ils
disent que vous leur avez dit de venir à dix heures pour
la lecture du testament de leur tante.

LE NOTAIRE *regarde sa montre.* — Il est onze heures
seulement. Faites-les attendre encore un peu, sinon ils vont
croire que je n'ai rien d'autre à faire.

Mlle PETON, *sortant.* — Bien, Maître.

(*Le notaire continue à lire son journal. Puis il se lève, va se
regarder dans le miroir: il arrange sa cravate, se donne un
coup de peigne° et retourne s'asseoir à son bureau. Il ouvre
le tiroir de son bureau et prend des petits ciseaux avec lesquels
il se met à se couper les ongles.° Il ouvre un autre tiroir de son
bureau et en sort une pile de papiers qu'il pose sur son bureau.
Il remarque qu'un des tableaux dans son bureau est de travers°
et le remet droit. Il revient s'asseoir. Il tire ses manchettes°et
remarque une petite tache° sur sa manche; il essaye de l'enlever.*)

Mlle PETON, *entrant de nouveau.* — Maître, la famille
Dupont est toujours là. Il y a une heure qu'ils attendent.

NOTAIRE. — Bien! Faites-les entrer.

(*Entrent Marie, Pierre, Paul, Marguerite et Lucie Dupont.
Le notaire se lève et leur serre la main.*)

NOTAIRE. — Asseyez-vous, je vous en prie! (*Il n'y a que
trois fauteuils devant son bureau. Il appelle sa secrétaire:*)
Mlle Peton! Mlle Peton! Apportez des chaises, je vous prie.

Mlle PETON. — Oui, Maître . . . Voilà!

Notaire, officier public qui rédige les contrats de mariage, les testaments, et
autres actes. **Vieille fille,** femme non mariée d'un certain âge. **Moche,** laide.
Maître, titre donné à un avocat ou à un notaire. **Peigne,** (comb). **Se couper les
ongles,** (to cut one's nails). **De travers,** (crooked). **Manchettes,** (cuffs). **Tache,**
(spot).

(*Elle apporte trois chaises. Tout le monde s'assoit devant le bureau de Maître Robert*).

LE NOTAIRE. — Excusez-moi de vous avoir fait attendre, mais je suis débordé° de travail.

LA FAMILLE DUPONT. — (*silence*).

LE NOTAIRE. — Il fait bien chaud aujourd'hui . . .

(*Il attend une réponse, mais la famille Dupont ne dit rien.*)

LE NOTAIRE. — Mais moins chaud qu'hier . . . On dit que cela ne va pas durer . . . On prévoit un orage pour ce soir. (*La famille Dupont garde toujours le silence*). On ne sait jamais, mais je crois bien que le temps va changer . . .

PIERRE, *s'impatientant*. — Maître, nous venons pour entendre la lecture du testament de notre tante, Mme Rosalie Moche.

LE NOTAIRE. — Oui, je sais. C'est pour cela que je vous ai convoqués . . . Il y a maintenant quatre ans que le yacht de Mme Moche a disparu en mer, dans le Golfe du Mexique. Comme on n'a pas retrouvé traces du yacht, ni des personnes à bord, il est maintenant possible de présumer que Mme Moche est morte. D'après la loi, nous pouvons donc procéder à l'exécution de son testament dont son avocat à New-York m'a envoyé une copie. Mme Moche était bien votre tante, n'est-ce pas?

TOUS LES DUPONT, *à la fois*. — Oui, c'était notre tante.

LE NOTAIRE. — Depuis combien de temps était-elle aux Etats-Unis?

TANTE MARIE. — Depuis une vingtaine d'années.

LE NOTAIRE. — Depuis si longtemps que cela!

PIERRE. — Oui, nous l'appelions même « Notre tante d'Amérique ».

LE NOTAIRE. — Son mari est mort il y a quatre ans. Ils n'avaient pas d'enfants et vous êtes ses seuls héritiers°.

(*Tous les Dupont prennent un air réjoui*).

LE NOTAIRE. — Votre tante était très riche.

MARGUERITE. — Quel était le montant de sa fortune?

LE NOTAIRE. — Environ dix millions de dollars.

PIERRE. — Ce n'est pas mal!°

Débordé de travail (overwhelmed with work). Héritier (heir). Ce n'est pas mal ! (That is not bad!).

LE NOTAIRE. — Oui, c'est beaucoup d'argent. Surtout en francs.

(*Les Dupont s'impatientent de plus en plus*)

MARGUERITE. — Allez-vous bientôt nous lire son testament?

LE NOTAIRE. — Oui, je vais vous le lire. (*Il appuie sur le bouton de la sonnette°qui est sur son bureau.*)

Mlle PETON, *entrant*. — Vous m'avez appelée, Maître?

LE NOTAIRE. — Oui, apportez-moi le testament de Mme Moche, née Dupont.

Mlle PETON. — Bien, Maître.

(*Elle sort*)

LE NOTAIRE. — Vous aimiez beaucoup votre tante?

TOUS LES DUPONT. — Oh! Oui.

MARGUERITE. — Nous l'aimions beaucoup.

PIERRE. — Nous sommes une famille très unie.

PAUL. — Pauvre tante Rosalie! J'adorais ma tante.

LUCIE. — Tante Rosalie était si bonne! Et si généreuse!

Mlle PETON, *entrant*. — Voilà, Maître.

(*Elle donne au notaire une grande enveloppe blanche. Le notaire l'ouvre lentement. Il met ses lunettes°après les avoir essuyées°. Il se mouche°. Les Dupont deviennent de plus en plus impatients. Ils rapprochent leurs chaises du bureau du notaire.*)

TANTE MARIE. — Est-ce qu'il est long son testament?

LE NOTAIRE. — Non, très court, deux pages seulement.

(*Dans son agitation, Lucie laisse tomber par terre son sac à main dont le contenu se répand° par terre. Paul et Pierre se précipitent pour l'aider à ramasser son rouge à lèvres, ses clefs, sa houpette°, son argent, etc.*)

LE NOTAIRE. — Maintenant je vais vous lire le testament. (*Il prend un ton solennel:*) «Voici comment je veux que l'on dispose de mes biens°: 1. Mon neveu Pierre Dupont étant un bon à rien°, je ne lui laisse qu'un dollar pour lui montrer que je ne l'ai pas oublié ... »

Sonnette, (bell). **Lunettes**, (glasses). **Essuyer**, (to wipe). **Se moucher**, (to blow one's nose). **Se répandre**, (to spread). **Houppette**, (powder puff). **Biens**, tout ce que possède une personne. **Bon à rien**, (good for nothing).

PIERRE, *outré*°. — Oh! La vache!°

MARGUERITE. — Je t'ai toujours dit que ta tante était un vieux chameau!°

LE NOTAIRE, *continuant.* — « 2. A Paul, mon autre neveu, je laisse cent dollars »

PAUL. — Cent dollars seulement! Ce n'est pas beaucoup!

LUCIE. — C'est honteux!

PAUL. — Elle a dû vouloir dire cent mille dollars.

LE NOTAIRE. — Non. Elle a écrit cent dollars.

LUCIE. — Je savais bien qu'elle était une mégère°.

LE NOTAIRE. — « Et à ma nièce Lucie, sachant combien elle aime les animaux, je lui donne mon serin°, en lui recommandant de faire bien attention à ne pas le mettre dans les courants d'air°, car il s'enrhume° facilement. »

LUCIE, *furieuse.* — Je n'en veux pas!

LE NOTAIRE. — « Quatrièmement .... » je laisse le restant de ma fortune à ... »

(*Il s'arrête pour tourner la page*).

TANTE MARIE, *souriant.* — Ce doit être moi!

LE NOTAIRE, *répétant la dernière phrase.* — « Je laisse le restant de ma fortune à la seule personne qui me comprenne et qui a été mon seul ami, à ...

TANTE MARIE, *au comble du bonheur.* — Oui! C'est moi!

LE NOTAIRE. — « A mon psychiatre, M. Soulange. »

TANTE MARIE, *poussant un cri et lui arrachant*° *le papier des mains.* — Idiot! C'est mon testament à moi que vous lisez!

LE NOTAIRE, *lui reprenant le papier des mains, lisant le nom au haut de la page.* — Testament de Marie Dupont! C'est vous? Oh! pardon! Je me suis trompé de testament.

SCENE II : NOTAIRE, PETON, MARIE, PIERRE, MARGUERITE, PAUL, LUCIE

(*Il appuie sur la sonnette*).

Mlle PETON, *entrant.* — Vous m'avez appelée, Maître?

Outré, indigné. **Vache!,** (What Frenchmen call a mean person). **Chameau,** nom que l'on donne a une personne désagréable. **Mégère,** femme tres méchante. **Serin,** petit oiseau des îles Canaries. **Courant d'air,** (draft). **S'enrhumer,** (to catch cold). **Arracher,** prendre avec violence.

LE NOTAIRE. — Mademoiselle, vous m'avez apporté le testament de Mlle Marie Dupont! Je voulais celui de Mme Moche, née Dupont.

Mlle PETON, *prenant l'enveloppe.* — Oh! pardon, Maître. Je me suis trompée (*Elle sort*).

PIERRE, *s'adressant à sa tante Marie.* — Maintenant, tante Marie, nous savons ce que vous pensez de nous.

PAUL. — C'est scandaleux! Ce psychiatre à qui vous laissez votre argent est un charlatan! Il ne s'intéresse qu'à votre argent.

MARGUERITE. — Je savais bien que vous étiez une sotte°et une méchante femme, tante Marie.

LUCIE. — Et dire qu'on vous invitait chez nous à déjeuner tous les dimanches! Maintenant, je ne veux plus vous voir.

PAUL. — Tante Marie, il faut que vous changiez ce testament.

LUCIE. — Oui, sinon, on ne vous invitera plus jamais à déjeuner.

MARGUERITE. — Nous non plus.

PIERRE. — Tante Marie, il faut déchirer° ce testament et en faire un autre.

MARGUERITE. — Oui, et tout de suite.

MLLE PETON, *entrant.* — Maître, je ne trouve pas le testament de Mme Moche.

LE NOTAIRE, *furieux.* — Vous ne le trouvez pas! Oh! Il faut le trouver. Où l'avez-vous mis?

PIERRE. — Maintenant vous avez perdu le testament!

Mlle PETON. — Maître, je crois que je vous l'ai donné hier et vous l'avez mis dans votre tiroir.

LE NOTAIRE, *après avoir cherché dans tous les tiroirs. Il le trouve finalement.* — Ah! le voilà! (*Il lit le nom sur l'enveloppe:*) « Testament de Madame Rosalie Moche, née Dupont » . . . . Oui, c'est bien cela. Le testament est retrouvé.

PIERRE. — Quelle chance!

LE NOTAIRE, *après avoir ouvert l'enveloppe très lentement.* — Maintenant je vais vous lire le testament de Mme Rosalie Moche, née Dupont.

Sotte, stupide. **Déchirer,** (to tear).

(*Tout le monde pousse un soupir°. Le notaire de nouveau essuie ses lunettes et se mouche*).

PIERRE, *d'un ton sarcastique*. — Prenez votre temps!

LE NOTAIRE, *se répétant*. — Maintenant je vais vous lire le testament de Mme Rosalie Moche, née Dupont . . . C'est bien votre tante, n'est-ce pas?

PIERRE ET PAUL. — Oui! Oui! Mais oui!

LE NOTAIRE. — Très bien! Je commence: (*Il prend de nouveau un ton solennel*) « Je tiens d'abord à exprimer°mon affection pour mes chers neveux Pierre et Paul et mes chères nièces, Lucie et Marguerite, et leur dire combien je les aime tous. « (*Il s'arrête pour se moucher de nouveau.*)

MARGUERITE. — Comme c'est gentil de tante Rosalie de commencer ainsi son testament!

LUCIE. — Oui, c'est typique d'elle. Elle était si bonne! Si gentille et si affectueuse.

LE NOTAIRE. — « Je sais qu'ils avaient tous beaucoup d'affection pour moi à en juger par les lettres que je recevais d'eux régulièrement. Néanmoins, je sais que ce n'est pas l'argent qui fait le bonheur . . . »

PIERRE. — Quoi! Quelle absurdité!

MARGUERITE. — Tais-toi.

LE NOTAIRE, *continuant*. — « Mais je sais aussi que l'argent rend la vie plus facile . . . »

PIERRE. — A qui le dites-vous!

(*Tous les Dupont sourient avec anticipation*)

LE NOTAIRE. — « Voici comment je veux que l'on dispose de mes biens: Je laisse mon yacht à mon neveu Pierre Dupont.»

PIERRE. — Il est coulé !°

LE NOTAIRE. — « Et aussi deux mille dollars »

PIERRE. — C'est tout!

MARGUERITE. — Cette vieille toupie° aurait pu te laisser davantage.

LE NOTAIRE. — « A mon neveu Paul, je laisse quinze mille dollars. »

Soupir, (sigh). **Exprimer**, (to express). **Coulé**, (sunk). **Vieille toupie**, (old wench).

PAUL. — Seulement!

LUCIE. — Sur une fortune de dix millions, ce n'est pas beaucoup! J'ai toujours pensé que ta tante Rosalie était une vaurienne.°

LE NOTAIRE. — « Et à mes nièces, Marguerite et Lucie, je donne mes bijoux. »

LUCIE. — Ils sont faux!

LE NOTAIRE. — « Je laisse le restant de ma fortune, soit° environ dix millions de dollars à... à... à... »

PIERRE, *impatient.* — A qui?

LE NOTAIRE. — « A... à... à... »

PAUL. — A qui? Dites-nous vite. A qui?

LE NOTAIRE. — « A... à... à... » Je ne sais pas, je ne peux pas lire. Il y a un pâté° sur le nom.

(*Tous se lèvent pour regarder le papier*)

PAUL. — En effet, il y a un pâté... Mais on dirait que la première lettre est un P. Ce doit être moi.

PIERRE. — Non, ce doit être moi.

PAUL. — Peut-être qu'on pourrait enlever le pâté.

LE NOTAIRE. — Vous croyez?

PAUL. — Oui, avec du coton et un peu d'eau.

LE NOTAIRE. — Je vais essayer. (*Il sonne sa secrétaire*).

Mlle PETON, *entrant.* — Vous m'avez appelée, Maître?

LE NOTAIRE. — Oui, apportez-moi du coton.

Mlle PETON. — C'est pour vous mettre dans les oreilles?

LE NOTAIRE. — Non, c'est pour enlever un pâté. Apportez-moi aussi un peu d'eau.

Mlle PETON. — Bien Maître.

(*Pendant qu'elle est sortie, tout le monde examine le papier*)

TANTE MARIE. — On dirait que la dernière lettre est un E. Ce doit être moi, puisque je n'ai pas encore été mentionnée.

Vaurienne, (rotter). **Soit,** (that is). **Pâté,** (blot of ink).

PIERRE. — Oui, la dernière lettre est un E, mais la première lettre est un P. C'est sûrement moi.

(*Entre la secrétaire avec du coton et un peu d'eau. Le notaire frotte° le pâté légèrement. Le nom dessous apparaît*).

LE NOTAIRE. — Le nom est P-R-I-C-E.

PIERRE. — Price! Price! Qui est Price!

PAUL. — Nous ne connaissons personne de ce nom. Ce doit être une erreur.

TANTE MARIE. — Moi, je sais qui c'est.

PAUL. — Vous savez qui est Price?

TANTE MARIE. — Oui. C'était l'ami de Rosalie.

PIERRE. — Tante Rosalie avait un amant!°

TANTE MARIE. — Mais oui, bien sûr! C'était M. Price. Elle m'a souvent parlé de lui.

Mlle PETON, *entrant*. — Maître, il y a une dame qui veut vous voir.

LE NOTAIRE. — Qui est-ce?

Mlle PETON. — C'est une Madame Moche.

LE NOTAIRE. — Mme Moche! Ce doit être une parente de votre tante Rosalie. Faites-la entrer.

Mlle PETON. — Bien Maître.

SCENE III : NOTAIRE, PETON, MARIE, PIERRE, MARGUERITE, PAUL, LUCIE, TANTE ROSALIE

(*Entre une dame. Tous les Dupont poussent un cri d'épouvante.° C'est leur tante Rosalie*).

TOUS. — Tante Rosalie!

TANTE ROSALIE. — Qu'est-ce que vous avez tous? Vous avez l'air si étonnés de me voir.

PIERRE. — On vous croyait morte, tante Rosalie!

TANTE ROSALIE. — Morte! Moi! Je ne me suis jamais si bien portée.

TANTE MARIE. — Oui, on te croyait au paradis.

TANTE ROSALIE. — Mais qu'est-ce que vous faites tous ici, chez le notaire?

Frotter, (to rub). **Amant,** personne qui aime une autre personne. **Epouvante,** terreur.

LE NOTAIRE. — On était justement en train de lire votre testament.

PIERRE. — Où étiez-vous tout ce temps, ma tante? On n'a pas eu de nouvelles de vous depuis quatre ans... depuis que votre yacht a disparu.

TANTE ROSALIE. — Mon yacht a disparu! Ah! Je ne savais pas. Heureusement que je n'étais pas à bord.

PAUL. — Mais où étiez-vous tout ce temps, depuis quatre ans que nous n'avons pas eu de vos nouvelles? Où étiez-vous?

PIERRE. — Oui, où étiez-vous, tante Rosalie?

TANTE ROSALIE. — J'étais allé faire un petit voyage en Asie, pour me changer les idées, et je me trouvais à Hanoi quand la guerre du Vietnam a éclaté. Comme je suis Américaine, ils m'ont internée. C'était horrible! Ils m'ont relâchée°il y a juste un mois.

TANTE MARIE. — Depuis combien de temps es-tu à Paris?

TANTE ROSALIE. — Je viens d'arriver.

TANTE MARIE. — Comment savais-tu que tu nous trouverais tous ici, chez le notaire?

TANTE ROSALIE. — Je ne savais pas que vous étiez ici. Je venais voir le notaire pour faire un changement dans mon testament.

LE NOTAIRE, *onctueux.* — J'ai justement votre testament ici devant moi.

TANTE ROSALIE. — Je ne veux plus laisser ma fortune à Mr. Price.

(*Tous les Dupont sourient. Ils sont heureux de nouveau*).

PIERRE. — Ah! Comme vous avez raison, ma tante! (*Il l'embrasse*).

PAUL. — Nous savions bien que vous ne feriez pas cela! (*Il l'embrasse*).

MARGUERITE, *embrassant sa tante Rosalie, elle aussi.* — Ma pauvre tante Rosalie! Comme vous avez dû souffrir au Vietnam!

LUCIE, *embrassant Rosalie.* — Pauvre tante Rosalie! Nous avons beaucoup pensé à vous.

Relâcher, libérer.

46

LE NOTAIRE. — A qui désirez-vous laisser votre fortune, Madame? Je peux faire tout de suite le changement.

PIERRE. — Oui, il faut faire tout de suite le changement.

LE NOTAIRE. — Quel nom faut-il que je mette à la place de celui de M. Price?

TANTE ROSALIE. — Je désire laisser mon entière fortune à... à... à... Atchoum! (*Elle éternue*)°.

PIERRE. — Que Dieu vous bénisse!°

LE NOTAIRE. — A qui disiez-vous que vous désiriez laisser votre fortune, Madame?

TANTE ROSALIE. — A Chou.

PIERRE. — A qui?

TANTE ROSALIE, *répétant.* — A Chou.

LE NOTAIRE. — A qui, Madame?

TANTE ROSALIE. — A Chou. (*Elle épelle le nom:*) C-H-O-U-.

PIERRE. — Qui est Chou?

TANTE ROSALIE. — Monsieur Chou est un homme charmant dont j'ai fait la connaissance à Hong-Kong. C'est mon nouvel ami.

(*Les deux neveux poussent un cri de désespoir. Les deux nièces s'évanouissent.*)°

RIDEAU

Eternuer (to sneeze). **Que Dieu vous bénisse,** (God bless you). **S'évanouir,** (to faint).

QUESTIONS

CHEZ LE NOTAIRE

Scène première—

1. Pourquoi est-ce que le notaire ne veut pas faire entrer tout de suite la famille Dupont et décide de les faire attendre?
2. Qu'est-ce qu'il fait pendant qu'ils attendent?
3. Quelle raison donne-t-il à la famille Dupont pour les avoir fait attendre?
4. Pour quelle raison est-ce que les Dupont sons venus voir le notaire?
5. Est-ce que les neveux et les nièces de Mme Moche aimaient beaucoup leur tante?
6. Comment est-elle morte?
7. Avait-elle beaucoup d'argent?
8. Est-ce que la lecture du testament que lit le notaire fait plaisir à la famille Dupont?
9. De qui était le testament qu'il vient de lire?
10. A qui est-ce que tante Marie laisse son serin?
11. A qui laisse-t-elle presque son entière fortune?

Scène II—

1. Qu'est-ce-que les neveux et les nièces pensent de leur tante maintenant qu'ils connaissent son testament?
2. Vont-ils continuer à l'inviter à déjeûner?
3. Où était le testament de Mme Moche que Mlle Peton ne trouvait pas?
4. Qu'est-ce que les neveux et nièces pensent de leur tante Rosalie, au début de la lecture du testament?
5. A qui laisse-t-elle son yacht?
6. Où est son yacht?
7. Pourquoi est-ce que le notaire ne pouvait pas lire le nom de la personne à qui elle laissait le restant de sa fortune?
8. Qui est M. Price?

Scène III—

1. Où était tante Rosalie pendant tout ce temps où on n'a pas eu de ses nouvelles?
2. Depuis combien de temps est-elle à Paris?
3. Pourquoi est-elle venue voir le notaire?
4. Pourquoi est-ce que maintenant toute la famille veut l'embrasser?
5. Qui est ce Monsieur Chou à qui elle va laisser sa fortune?

NTC FRENCH TEXTS AND MATERIAL

Computer Software
French Basic Vocabulary Builder
  on Computer

**Videocassette, Activity Book,
  and Instructor's Manual**
VidéoPasseport—Français

Conversation Books
Conversational French
A vous de parler
Tour du monde francophone Series
  Visages du Québec
  Images d'Haïti
  Promenade dans Paris
  Zigzags en France
Getting Started in French
Parlons français

Puzzle and Word Game Books
Easy French Crossword Puzzles
Easy French Word Games
Easy French Grammar Puzzles
Easy French Vocabulary Games

Humor in French and English
French à la cartoon

**Text/Audiocassette Learning
  Packages**
Just Listen 'n Learn French
Just Listen 'n Learn French Plus
Sans Frontières 1, 2, 3
Practice & Improve Your French
Practice & Improve Your French Plus
How to Pronounce French Correctly

High-Interest Readers
Suspense en Europe Series
  Mort à Paris
  Crime sur la Côte d'Azur
  Évasion en Suisse
  Aventure à Bordeaux
  Mystère à Amboise
Les Aventures canadiennes Series
  Poursuite à Québec
  Mystère à Toronto
  Danger dans les Rocheuses
Monsieur Maurice Mystery Series
  L'affaire du cadavre vivant
  L'affaire des tableaux volés
  L'affaire des trois coupables
  L'affaire québécoise
  L'affaire de la Comtesse enragée

Les Aventures de Pierre et de
  Bernard Series
  Le collier africain
  Le crâne volé
  Les contrebandiers
  Le trésor des pirates
  Le Grand Prix
  Les assassins du Nord

Graded Readers
Petits contes sympathiques
Contes sympathiques

Adventure Stories
Les aventures de Michel et de Julien
Le trident de Neptune
L'araignée
La vallée propre
La drôle d'équipe Series
  La drôle d'équipe
  Les pique-niqueurs
  L'invasion de la Normandie
  Joyeux Noël
Uncle Charles Series
  Allons à Paris!
  Allons en Bretagne!

Intermediate Workbooks
Écrivons mieux!
French Verb Drills

Print Media Reader
En direct de la France

Duplicating Masters
The French Newspaper
The Magazine in French
French Verbs and Vocabulary Bingo
  Games
French Grammar Puzzles
French Culture Puzzles
French Word Games for Beginners
French Crossword Puzzles
French Word Games

Transparencies
Everyday Situations in French

Reference Books
French Verbs and Essentials of Grammar
Nice 'n Easy French Grammar
Guide to French Idioms
Guide to Correspondence in French

Bilingual Dictionaries
NTC's New College French and
  English Dictionary
NTC's Dictionary of *Faux Amis*

For further information or a current catalog, write:
National Textbook Company
a division of *NTC Publishing Group*
4255 West Touhy Avenue
Lincolnwood, Illinois 60646-1975 U.S.A.